長歌行
中文愛藏版
伍
夏達

卷次

卷貳拾陸

流民

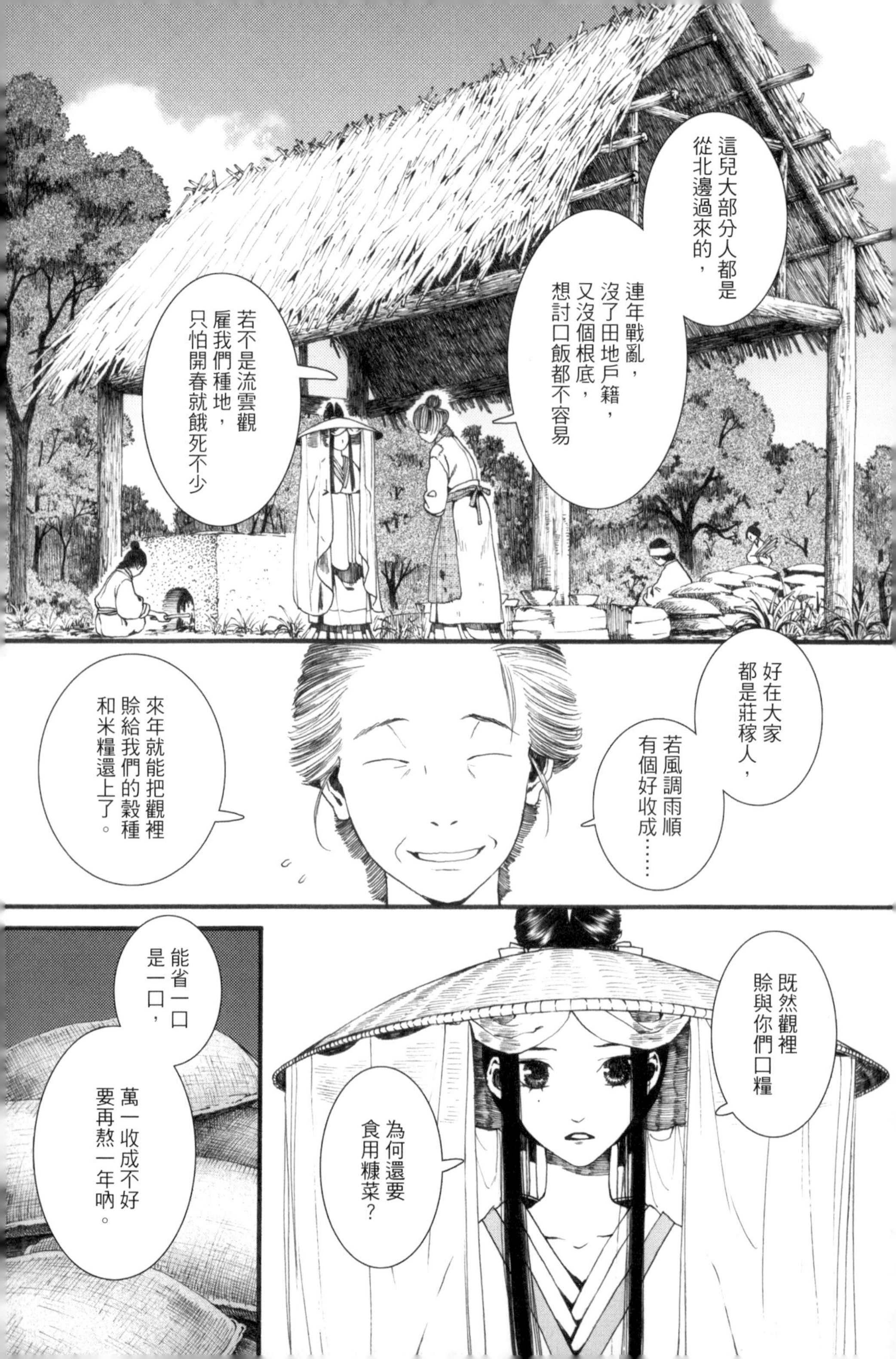
這兒大部分人都是從北邊過來的，
連年戰亂，沒了田地戶籍，又沒個根底，想討口飯都不容易
若不是流雲觀雇我們種地，只怕開春就餓死不少
好在大家都是莊稼人，
若風調雨順有個好收成……
來年就能把觀裡賒給我們的穀種和米糧還上了。
既然觀裡賒與你們口糧
為何還要食用糠菜？
能省一口是一口，
萬一收成不好要再熬一年吶。

還請姑娘和觀主安心，
我們肯定不會賒到明年的
……
真是辛苦
啊？
我只聽過旱澇無常，
你們這不就是在與天爭命嗎？
姑娘說的是哪兒的話，
天上降下雨水，地下長出糧食
這都是老天爺給的賞賜啊。

原來如此……

我對稼穡之事一無所知，
以後還請阿嬸多多指教
姑娘妳太客氣了！
回來得再晚些，
我就得提燈去找妳了
吃完了嗎？
這是……
這是啥!!

歸途遇見兔子，便順手獵了來
給碧娘姐姐加菜吧
妳……妳用什麼獵的啊？
觀主在嗎？
觀主在曲池邊
啊！對了
觀主說外院有男客
以後我們就走後院進出吧。
知道了

真是……
那麼嬌滴滴的一個小姑娘
以前到底是做啥的啊？

觀主
觀主讓我督工，是希望我扶貧救苦？
還是希望我防著流民作亂？
我只是讓妳去督工耕種
按戶分配田畝。

其餘的，隨妳樂意便好。
流民無根無據，富戶們不敢雇他們耕種，唯恐引狼入室，
觀主卻是不怕，不但租田給他們，還賒了穀種和糧食……
觀主如此行事，想必是對這些流民有十足的把握了？
坦白來講並沒有
咦？

阿離
即使是一尾池魚，我也不敢說一動一念盡在掌握，
何況是人？
想要算無遺策也好，
想要萬無一失也好
「算」「術」都只是罷了
「道」才是本。
觀主
此「道」為何指？

無它，
憑心而行，後果自負而已。

如何？
是小可汗的人

按你說的，逮住了給那個女人傳信的人
不過他們知道的事兒不多，
連傳遞的密信內容都沒看過
有三個沒熬住死了
剩下倆都說那女人也失蹤了，
所以他們才那麼輕易被釣出來
如果他們沒撒謊，
線索到這兒就斷了。
繼續問
問出那女人的身世背景
有線索也行，
我們用商道繼續打聽。

這事就交給穆金你了
哦
不管是誰帶走了誰，她們都沒帶上乾糧和水
向她們南遷路線上的牧民打聽或能有消息
隼大人這就煩勞你帶我們去找了
之前我們的人就是一路打聽回來的，
都說沒見過這般形貌的少年。
唔……
也有可能是少女。

啥……
老夫也差點忘了
咱們這位小主公……
是個姑娘啊。
噗
咳！
咳！
你說啥!?
……
咳！
咳！
嘿～

別開這種玩笑!!
沒開玩笑
若不是要一同尋人
老夫亦不願提及此事。
……是真的?
朔州輕車都尉李長歌

城軍民，
開城獻降。
真不像個男人！
來喝了！
不管你怎麼想
我當你是兄弟了。
……

從前雖然覺得她過於單薄，舉止也有點奇怪……
只以為是她年幼，加上漢人男子本來就生得體弱，
倒是沒往這上頭想過。
體弱？嘿嘿
你們還在女人手上吃敗……
叩
總之
我們得再搜尋一遍。
為什麼你們主公是個女人？
若你問的是身世，那只能待主公當面告知了，
老夫不能越俎代庖
若你問的是為何我們會追隨於她

就如同你們會奉她為軍師，
並將族人託付於她一樣，
她有這個能力。
……
無論如何
殿下總有用得上我的地

走吧
真人啊……
妳這行的
可不是商賈之道
哦？

但凡多出一分利來，便被用在施藥捨粥，贖救婦人上
真人是想認真經營這支商隊嗎？
小富即安
太肥壯被人盯上才是得不償失。
這倒也是
最近朝廷上開始著手肅清地下商道
如真人這般倒也能求個安穩。

何解？
如今邊境戰亂，交市難開，若全禁了地下交易，未免太過苛責，
因而也只是肅清那些以武犯禁，手頭不乾淨的商道而已
真人自是無憂
倒是有仁君之風。
……

海晏河清，四方太平
真人的心願，這位仁君或可實現吶。
阿……阿離姐姐
妳太厲害了!!
哞

竟然真的幫我們弄到了牛!!
這是妳們自己用勞力換來的，
十天，我想夠用了。
先讓所有的少壯勞力去幫人家插秧
作為交換，借到了女人也能驅使的牛和犁，
等這邊整完地，去幫忙的人也剛好回來趕上插秧，一點都沒耽擱。
走吧！
好

五娘，我們今天把這一片地都整完
燒飯就拜託妳和妳娘了。
嗯！
阿離姐姐妳好聰明啊，
要不是妳想出這個辦法，我們就會錯過農時了
我也只是借了流雲觀的名頭去交涉而已，
這些日子妳們真是教了我不少農耕的常識
這些才簡單呢，我要是像姐姐那麼有學問就好了
這有何用？
很有用啊！

這樣今年就不怕餓肚子啦！
小九我們得快點回去
你認為我想守住朔州是為什麼？
飯燒晚了，大家就沒力氣幹活了。

我要守住的不是一個軍事要塞
而是萬戶安居，生生不息的朔州城。

長歌行

中文愛藏版

荃娘

曾經是天涯淪落人，被靜澹真人收留後，學習醫術並協助管理流雲觀大小事務，於商隊歸途中救助重病昏迷的長歌。

卷貳拾柒

流雲觀

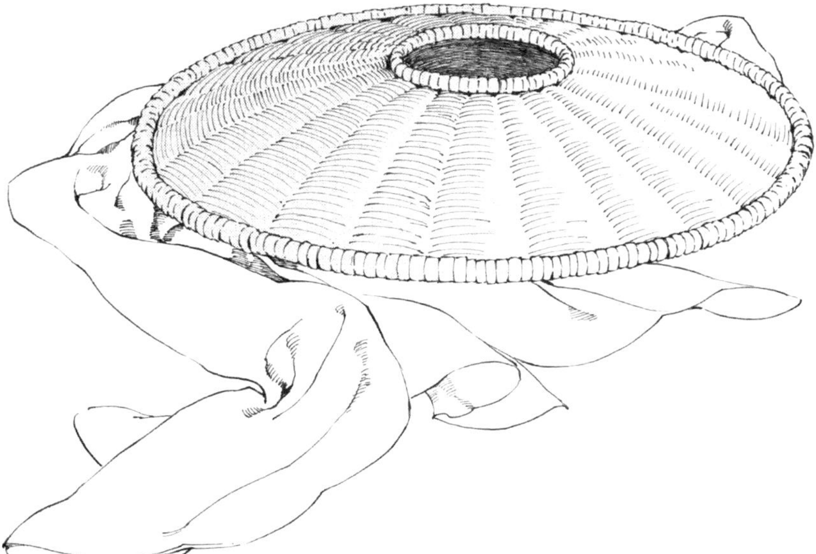

好啦，都回去吧，
妳們是想一路送上官道嗎？
阿姐，妳這次走商道得多長時間啊？
短則半載，遲則一年，
流雲觀人手少，這段時間就拜託妳們了。
我會照顧好全觀上下的
阿姐
妳在邊境可曾聽說過一個雁行門的組織？
唔……倒是聽說過

那裡有我的親眷，
若阿姐途中能遇見，幫我把這書信帶給雁行門的管事可好？
妳這孩子……
可總算是想明白了
不管遇見多大的事兒，人活著總是要往前走的
躲不了一輩子啊！
是，雖然很多事還沒想明白，
我先報個平安。
放心
阿姐一定幫妳帶到。

我說妳這傢伙，
有親眷
怎麼不早點報平安？
我要是他們
早被妳給急死了
之前
負他們良多
卻是有些
無言以對。
真不知道
妳為什麼這樣想
若我爹娘兄弟……
任何一個告訴我
他還活著，
我做夢都會笑醒。
唉，
不談這些

都下山到這了，今日又得閒
咱們去洛陽城裡逛逛吧？
妳帶盤纏了嗎？
哎？
這……
不用謝，記得還我
匡啷
妳一早就準備好了吧？
就等著我提出來
我只是防範於未然
嘖嘖！看這心眼兒多得跟篩子一樣
姐姐謬讚
洛陽城

喂
吃不吃飴糖？
承惠！兩文錢
真的不試試？
我聽聞洛陽城前朝宮室和民宅大多毀於戰火，
現在看來卻是意料之外的興盛
唔，聽觀主說平民被允許在過去的林苑裡開墾
人氣倒是慢慢興旺起來了。

聽聞當年煬帝興建洛陽宮，窮奢極侈、精雕細琢
便是搬運一根大柱就要耗費兩千民夫之力
要毀去卻只需要一把火就夠了
那妳怎麼不說辛辛苦苦養了幾十年的人，
拉上戰場一刀也就沒了
哈哈
是這樣沒錯
諸位王侯勝負各有得失
只有百姓左右都是輸家罷了。
咦？
有意思

小丫頭這話聽得爽快，
來坐下喝一杯如何？
哎？
店家，再來壺凍春
那就卻之不恭了
哎？
沒事

卑職已將兵符出示於洛陽太守，以募集府兵，隨時調用
大人要不要現身坐鎮太守府？
商團「赤鯢」勢力遍佈兩道十三州，與突厥過從甚密，手頭血案累累
最近更在他們的交易貨品中發現了府庫印記
明知被調查還敢現身洛陽
你說他們的依憑是什麼？

大人是懷疑他們與官吏有勾結？
唔，等有結果再做定論
我身在洛陽之事不可聲張。
是
太史令李大人之約還要赴嗎？
……罷了，反正也瞞他不過
那地方在哪兒來著？
洛陽城東，流雲觀。
酒
在下司徒郎郎，護送這位孫老爺子來洛陽
不知二位如何稱呼？

呃，王氏阿碧
阿離
八朝古都果然氣度不凡
連閨閣女子都有這般見識與豪情，
倒是叫人驚訝
不要誤會，我非是貴家子，戴冪籬只是承朋友好意
另外，若不分別教導，男女又有何不同？
妳不問意圖、不問來歷，大大方方便坐下
是自負有些手段對不對？
!

啪
不錯不錯，眉目秀麗，骨骼清奇
放肆!!
乖徒兒

拜我為師可好？
砰磅
日已近午
師父他老人家因為什麼事耽誤了不成？

有司徒郎郎護送，
想必大事不會有，小事不會斷。
你請我師父診治的那位貴客何時來？
大概還要過幾日吧，無妨。
不錯不錯，
見之似好婦，奪之似懼虎
果有我門中風範。

還有杯盤碗碟錢
不枉我找得那麼辛苦
這是被你嚇走的第八個了。
心性資質奇佳又年幼的
哪那麼好找
師徒也要看緣法的。
唔……
真真惱人。

難得進趙城，卻被這麼個渾人壞了興致，
我若是妳，那一下就抽他身上
我倒是想啊
居然連他怎麼閃開的都看不清，以後不能太托大……
冪籬也被酒水弄髒了
姐姐洗了再還妳
回來了？
觀主
觀主

阿離，一會來前院
隨我拜見我師父，
妳的寒症
只怕已傷了根基
需得他老人家
看看方好。
哎？
那我馬上
帶她下去梳洗！
阿離
謝觀主厚意
快走快走！

之前觀主說妳這病怕是秋冬便要復發，
現在可好了
聽阿姐說
觀主的師父可是位老神仙
哎？
阿離？
妳沒事嗎？
臉色怎麼這麼差!?
我沒事，只是有些累
真沒事嗎？

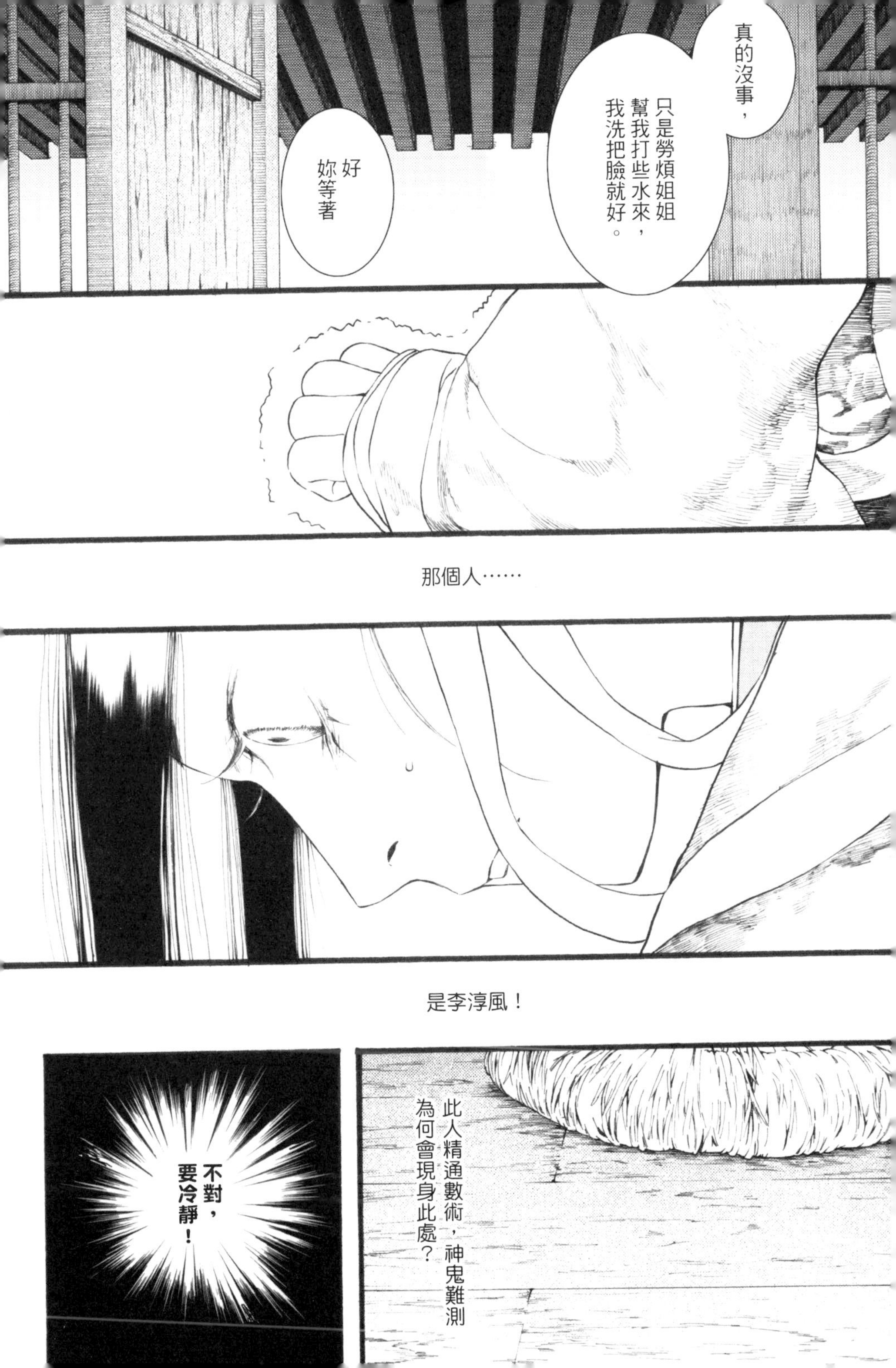

真的沒事，只是勞煩姐姐幫我打些水來，我洗把臉就好。
好 妳等著
那個人……
是李淳風！
此人精通數術，神鬼難測為何會現身此處？
不對，要冷靜！

我現在對李世民
表面上的威脅卻是半分也無
無論是否暴露了行藏……
為一個逃脫的女眷驚動不理世事的李淳風顯然是不可能的
不是為我而來
看來是與觀主相識，同為玄門中人，這很正常……
那更不可露出異狀
且不說只幼時在秦王府遠遠見過數面
認出我的可能不大
就算他見疑又如何？

好些了沒有？
好多了
那就好
來把臉擦了
我在熱水裡加了些藥材，提提精神。
謝謝姐姐
我難道會束手就擒不成？

哎，總算是能歇在屋簷下了
司徒大俠這一路辛苦
老爺子也太心善
治人無論貴賤不說，還往裡倒貼
倒貼還罷了，藥材不全還自己去尋。

就連遇見
傷病的牲畜
也會順手給治了
不問貴賤貧富、
長幼妍媸、怨親善友、
華夷愚智、普同一等，
皆如至親
老師大德，
我愧不能及。
……對了
李淳風
找老爺子什麼事？
具體
他沒細說，
似乎是當朝天子
慕師父之名，
望他老人家入朝
哎？
他是來當
說客的不成？

說客倒談不上，
想來是知曉此事，前來通報一聲罷了
這麼說他倒是好心？
老爺子肯定是不會去的。
李淳風大概是沒有好惡之心的，
若有，貧道也看不出來
在他心中，數術命理、曆法天文動輒以千年記
他或許連自己這區區百年也不會在意吧
這就是我最討厭他的地方。

你們兩人的道，
貧道都覺得很好
哎
差點忘了正事
真人是否
還記得「赤鯢」？
我有些朋友
在洛陽發現了
他們的蹤跡
幾年前他們想收購
流雲觀產業
遭到妳的拒絕，
如今只怕
還不死心。

他們做那
見不得光的買賣，
一直想找張外皮遮掩
流雲觀就在洛郊，
又薄有善名，更何況
還握有一條商道
被盯上也不奇怪
別，
你承著師父人情
可別在我這裡
還香火報恩
真人
可想好了？
若真人願意……
無妨

按淳風的說法，最近朝廷上對這些商團看得很緊
若真如此……
你我自當謹守良善
赤鯢想必亦是自顧不暇。
哎
真人也太小心了。

長歌行

中文愛藏版

王碧

突厥滅了她的故鄉家園，她也被俘虜，後經流雲觀荃娘贖回，因無家可歸而跟隨荃娘在流雲觀落腳。

卷貳拾捌

真人

孫真人？
觀主的師父就是那位人稱「藥王」的孫思邈孫真人？
嗯？妳聽說過？
孫真人懸壺濟世、醫人無數，朝野皆聞
幼時家中師長提及，皆是仰慕不已，不想今日我卻有幸得見
更不想觀主竟是孫真人的高徒。
師父的醫術精深，我所學不過皮毛罷了
他老人家雲蹤不定，到洛陽時常會來此指教
妳卻是機緣不淺。

一會見到我師父不必拘束，
他生性隨和，執晚輩禮即可。
是
謝觀主引見。
……

自慎堂
師父
我把那位小友帶來了
進來吧
哎？

這位小友
倒當真是與老道有緣啊。
孫……
孫真人？
你們見過？
阿離魯莽
衝撞了真人
請真人降責
呵呵
妳有何責？
無須多禮，進來吧。

……原來如此
司徒郎郎真是越來越不知禮數了！
老道也在此向小友陪個不是
司徒收徒心切，並非心存輕薄，小友勿要放在心裡。
阿離怎敢當真人的不是。
……
小友，妳可是有些外家功夫的底子？
……是
晚輩幼時跟家中長輩習了些拳腳
想必小友是自覺身體強健，在傷寒入肺腑時不以為意，終於久病成患，
此後不光沒有靜養調息，反倒勞心傷神，咳血數次是不是？

……
君子自慎
若小友這般不知愛惜，只怕神仙也難救
……是
妳的咳喘已成積習，頭幾年或可打熬得住，
若不精心調理，待到底子耗盡可就回天乏術了。
……比弟子預料的還嚴重啊
還是要小友修身養性，自慎己身
這幾個溫補的方子，按四時服用，這一劑止咳順氣的方子，可緩解病發，
切忌勞神動怒……

雖不知小友有怎樣的過往
老道還是勸小友勿要心思太重，小小年紀就苦心傷神到這般……卻不是長壽之道啊。
哎，怎麼樣？老神仙怎麼說？
孫真人果然神乎其技，
按他的方子吃藥，應該很快就好了。
阿離
觀主
觀主
師父的話妳也聽到了
以後修身養氣，不可大意
是
觀主，這幾日觀中客人多，出入有些不便
我想在山南小住幾日，待農忙結束再回來。
當然可以，
只是若妳擔心的是司徒郎郎，就大可不必。

他是越女劍的傳人，這劍術向來以女弟子為首選，
因他師父故去多年，生前又只收了他一個徒兒，所以他怕斷了傳承，收徒心切
在流雲觀，他是不敢胡鬧的。
原來如此
司徒郎郎是個劍客？
那拜師也沒什麼不可以啊
這個司徒郎郎年少時曾立下「醫得吾師者，吾為其僕二十年」的重誓，
當年師父醫好了素霓前輩，他便執意為師父奉劍，至今已有十餘載
若拜他為師，少不得要跟我師父一同雲遊了。
十餘載？
那他現在多大年紀？

已過而立之年
什麼!?
對了，他身邊那位，難道是觀主的老神仙師父？
等等，聽說老神仙已經八十多歲了……
是啊
……
還是別問觀主
謝觀主解惑，阿離心中已無芥蒂，
只是農忙最後幾日，還是去看著比較好。
也罷，那妳就多辛苦幾日吧
這孩子……又在琢磨什麼呢？
可真把叮囑當耳邊風了。

真人
流靈觀
有件事想託於真人可否？

陌生的少年或少女？
沒見過，馬和食物？
沒少。
前段時間倒是有個
漢人商隊來過，
把老子婆娘拐跑了，
你們管不管？
陌生人？沒見過，
牲口也都還在。
商隊啊？
這半年只來過一個，
是漢人的商隊。
牛馬倒是
少了幾匹……
死老頭子
那不是
你自己跟商隊
換了鹽和布嗎！
陌生少年
或少女？
沒見過。
馬都在
漢人商隊……
……

呼
這些
就是能收集到的所有信息了。
她的馬自己跑回來了，牧民們的馬也沒有少，
要離開這裡最大的可能就是那支商隊
阿竇，前兩個月活動在這邊的漢人商隊有幾支？
有赤鯇、青燈閣和洛川
青燈閣半月前才入境，時間對不上，
赤鯇和洛川……若從行事上，老夫倒是覺得像洛川。

洛川是一處道觀的商隊，行事一向低調，買賣也不大，
但卻有個特別的規矩
只要有被擄的漢人女子向他們求助，他們便會盡力助她回中原。
這麼說，
李長歌是作為擄來的「女子」被「解救」回去了？
……
這倒是未必
只是老夫的一個猜測嘛……
阿寶，去聯繫緒風，咱們從這兩支商隊開始找
是！
我只是覺得奇怪……
到底是怎樣的威脅，才會讓主公無法連絡我們？

不管怎麼說，總算是有了線索，
現在是不是要去漢人地界找了？大營得留人，我和大人只能去一個
沒所謂
你們留個能打理庶務，應付大可汗探查的就行
……
我留下，隼大人去吧。
我去
按之前說好的
找到了人就用你們的商道送我去契丹。
大人放心
老夫這點誠信還是有的
還請大人去準備準備。

準備什麼？
準備一下如何當個漢人。
啥？
喂
從剛才起就一直在走神，有沒有聽見我說話啊？
有啊
情勢危險，短時間不能回觀裡了。

等阿姐帶秦老的消息歸來，至少也要好幾個月……
老神仙到底是怎麼說的？妳和觀主出來臉色都不太好
妳可別瞞著姐姐
真的沒事
老神仙給妳開了方子，就說明有救
難道要現在就離開這兒嗎？
嗯
喂！
妳別想不開啊！

放心，真的沒事
至少，現在這不值得我擔心。
阿離姐姐
妳怎麼沒有帶冪籬？
妳就是五娘？叫我阿碧姐姐就好
來，見面禮
謝謝阿碧姐姐
姐姐是貴人，不可以這樣拋頭露面的
不許看!!
哎？
姐姐要在我們這裡住上一陣？
不知可有閒置房舍？

有的，因為房子還沒蓋完就農忙了，現在只有我和嬸嬸們住，男丁都住在田邊的臨時窩棚裡
我這就回去跟主事婆婆說一聲，她肯定樂意得不得了。
我跟妳們一起過去收拾，回頭再把阿離的東西帶過來
勞煩姐姐和五娘了
哎……這麼看起來
你倒真像個漢人了。

……
你的馬和長刀太顯眼
給你備了新的
你現在叫秦隼，是老頭兒流落在關外的侄子，
※文牒收好，以後能不說話就少開口……
委屈你了
待交易完成就好
※文牒：古代通關戍時，所拿的通行證。
你這麼說，是怕我覺得屈辱吧？

也是，
要幾個月前
我早氣得
跳起來砍人了
……
我是大可汗的長刀，
鷹師的主人，
是草原上尊貴的雄鷹
是阿史那家的
隼將軍
只不過……
要他說了是才是
……
這麼多年
辛苦你了
還記得小時候
你老是被人揍，
我一直以為沒我護著
你就活不下去
現在才知道，
我才是沒你護著
早死了。

喂！
別著急說好聽的，
老子沒那麼弱
別當我是將軍了。
阿離
阿離在嗎？
姐姐今日怎麼來了？
出門採買，順道來看看妳
現在是姐姐負責採買了？

是啊，阿姐走了後一直是我負責
累死我了
能去洛陽城裡玩，不是正合妳意？
別提了，今兒無緣無故的，
那米店掌櫃娘子給我甩了好大個白眼，我也沒得罪她啊！
妳沒問緣由？
不談這些了，妳打算啥時候回觀裡？
……
觀裡那些客人走了沒？
還沒，他們又不會來後院，妳怕什麼？
哎，對了
我看五娘她們在官道邊開了個茶棚，是妳的主意吧？
怎麼了？
我就知道，可真有妳的。

雖然才開張，來歇腳的行人倒是多得很，
五娘人也伶俐，嘴又甜，已經有小掌櫃的樣子了呢。
可憐她小小年紀，每天從早忙到晚，片刻不得休息
唉……
好在有了個安身之所，以後會越來越興旺的。
五娘？
今天回的好早。
……

五娘？妳怎麼了？
沒、沒什麼
讓我看看妳的臉
我沒事！
還敢說沒事!!
不、不小心摔了一下……
這分明五個指印！還不說實話？
是我……是我不好，一點小事跟人爭吵，動起手來了。
哇哇

胡說！妳的性子我還不清楚!?
到底是什麼事？
哇哇
他們壞！
他們說流雲觀壞話！
小九！
阿離阿離
妳先冷靜一下

不可饒恕……
不可饒恕!!
雖然我也氣得很
但妳別……
碧姐
冪籬，帶來了嗎？

長歌行

中文愛藏版

五娘

流雲觀南荒的流民小女孩，因長歌代為監管南荒開墾，使當地生活漸豐，所以很感激長歌和流雲觀。

卷貳拾玖

越女劍

流雲觀
觀主……
……
給她們鬆了綁，上些傷藥，
然後遣下山吧。
是
這些人滿嘴穢語，到處敗壞流雲觀名聲，
所以阿離才……

觀主
觀主……
上藥
老娘給你們上藥……
咿啊啊啊!!
啪
啪
啪
嗚!
我卻是不知，妳還有如此逞一時血勇的時候。

這群人在外詆毀流雲觀，妳便當眾將他們擊傷，
這氣是出了，於事又有何益？
這分明是有人在背後唆使，
幸好這只是些街頭閒漢，若遇見高手，妳又如何自處？
……
是了，妳怎麼會想不到

妳是覺得若不敵正好引得司徒郎郎出手，助我流雲觀解決此事是不是？
只說年紀小，遇事衝動，我頂多責備幾句卻也無法是不是？
……
是啊，妳都想到了
可就是唯獨把我的話當耳邊風
用什麼方法解決此事我們可以再議，只是……
妳到底為什麼會惱成這樣？

這群混帳太過下流骯髒
拔舌割耳也不為過！
哎，妳聽說了沒有啊？那流雲觀……真的還是假的？
我聽別人說是真的，
妳以後也少去
會不會弄錯了？那觀主不像是……
這誰說得準，
有人自稱是她的恩客，說得有鼻子有眼的。

五娘
妳快回去
這兒婆婆幫妳照管，
妳給妳娘和哥哥燒飯去吧
婆婆……
放心，放心
這世上的事兒，白的還能說成黑的不成？
妳指的，
是他們污衊我在流雲觀藏汙納垢
暗地裡在做皮肉生意？

觀主！
之前妳自請避去山南，我還心頭暗喜，
只道不用費心拘著妳了
罷了，妳又何嘗是個讓人放心的。
想必妳也看出來了，是有人在故意散佈流言
那是一支商道勢力，名喚「赤鯢」
他們數次欲吞併流雲觀而不得，才出此下策
此事我已有對策
妳不許插手，明白？

……
妳聽不得他們這麼說我……
就聽得別人「女菩薩」、「女神仙」的叫我？
那都不是我
與我何干？

我太清楚我是什麼了。
同慎堂
真人不必疑慮

請直接告之，
杜某還有多少年吧？
長則十年，
短不過七八年。
夠了

助得陛下四海寧定，社稷承平
七年足矣。
觀主沒責罰妳吧？
沒
那就好，說起來當時真嚇了姐姐一跳，
原來妳拳腳那麼厲害
居然瞞了我那麼久，
不行，妳得教我個幾招！
……

我已經被禁足了
啊？
妳不是說觀主不責罰嗎？
這也算不得責罰，觀主讓我想明白了再回流雲觀。
想明白什麼？
有勞李大人引見
杜大人太客氣了
你在洛陽調查之事，可有了眉目？
本心

觀主讓我
想明白本心。
……
不太懂，
那妳
想明白了嗎？
沒
要處理的商隊
已經差不多
摸清楚了，
只待時機一到
便收網。

大人所指可是那名為「赤鯢」的商隊？
正是
莫非這也是你算出來的？
杜大人說笑了，我只是對那支商隊偶有耳聞
……罷了，反正你口風緊得很。
唉
聽妳解釋半天也沒弄明白
是不是「最想做的事」的意思？
……這麼說也沒有錯
阿離，妳最想做啥？
……
碧姐，妳想做什麼？

我嘛……
我想跟觀主
和阿姐學好醫術
以後也跟她們一樣，
想怎麼活都看自個兒
還要把流雲觀照管好，
田地也得多開點，
牛也得買一頭……
哎！不對，
怎麼又說到我了？
妳最想做啥？
說起來
我可好奇了
妳和觀主
都那麼聰明，
為啥要想
這麼簡單的事？
我明白了
一定是妳們
想做的事太多。

哎……
兄弟你也是來找徒弟的不成？
那也得講個先來後到。

……
最近有啥想吃的沒？
姐姐去給妳弄來
停

碧姐
我出來的時候小廚房灶上還燉著東西
是妳燉的嗎？
啊!?糟了！
我先回去看看！
妳路上小心點兒！
前輩，
尋阿離何事？

此話怎講？
若前輩不想叫我發現，我如何發現得了？
唉……
乖徒兒，妳真的不跟師父走嗎？
雖然為師不在意，但徒兒妳能耐也太大了吧？
連朝廷來的人都盯上妳了。

別琢磨了
妳那三腳貓的功夫不是人家對手
謝過前輩厚意，在下會設法解決
可惜實在無法拜師遠遊，前輩見諒。
……
徒兒，我們來打個賭吧
為師還會在此逗留十日，
這份劍譜一共十八式，

在為師離開洛陽之前
妳若能習得一式我便替妳解決一人，如何？
辭邑
手腳俐落點兒，老爺子說一會兒犒賞！
好耶！
你們這次收的貨可不少
哈哈，哪是
人人有份!!

唔……
歡迎來到辭邑，
在這稍事休息，
往南就是大唐了。
要休息多久？
等斥候回來
就動身
另外，
我的心腹們
都知道你的身份，
一會兒
我給你引見……
可能會有些小麻煩。

長歌行

中文愛藏版

孫思邈

當代最有名的醫者與修道士，雲遊四方時若遇困苦病痛必定出手救治，不問貴賤貧富，世人尊稱為「藥王」。

卷叁拾
修練

在座的都是
我雁行門的好手
一年前亦都是
前朔州太守
公孫大人帳下親隨。

日後你若要隨商道入契丹，少不得要與大夥打交道
便趁現在熟悉熟悉吧
……
老夫上了年紀，就不跟你們少年人一同熱鬧啦。

啪噠
在戰場，
我贏得堂堂正正。
不服……

來打！
噹

老爺子……
明兒找木匠來。
哦！
匡噹
砰啪
老爺子，雖然大夥對他有怨氣
只要你表個態，他們也不會動手。
不動手不代表會接受

若這點小事他自己都搞不定
就算我們將他送進契丹他也活不成
老夫可從不投資賠本的買賣。
……
啪
嚓
能處好才是有鬼。
洛陽

你可看清了？
確是永寧公主？
因為藥王身邊
司徒郎郎所擾，
屬下未曾看得分明，
但聽其音、觀其形，
確與屬下在朔州所見
有八、九分相似
……
要不要屬下再去……
暫且別動，
現在不知藥王
孫真人是什麼態度
陛下希望藥王入朝，
不可讓他因此事
壞了對我們印象
不過若是孫真人
將她拘在身邊……
我倒是可以放心……
皓都
十日後真人離洛陽，
你可得仔細看清
隨行人等。

是！
那對赤鯢的監控和收網……？
不妨也先放一旁……
你之前不是探得他們想對流雲觀動手？
那就讓他們先去探探吧。
是！

可惡
這蠻子還真壯
看……
看老子殺了他！
殺個屁！

不打了，不打了。
……要真能打，大人何至於獻頭？
現在逞能，還有個什麼意思？
嗚……
大人！
……
嘩啦——

公孫恒是個英雄
你懂個屁！
……
我是不懂
咕嚕
咕嚕
咕嚕
我只羨慕

你們為他出生入死
值得。
……
該散場啦
老爺子
看夠了就下去打掃吧
這群傢伙……
不會是打壞腦子了吧？

咕嚕
咕嚕
咕嚕
嗚嗚……
（喃喃自語）
嗚
嗚
嗷嗚～
嗚～
嗚～
查明白了？
是的，流雲觀在洛陽東郊
她們的確在阿史那隼的領地內帶了個女子回去。

另外，還有件怪事
怪事？
我和羅十八在尋訪流雲觀商隊行蹤的時候，她們似乎也在尋訪「雁行門」
可還沒等我們接洽上，赤鯢就襲擊了她們
我們趕到的時候，只餘一個領隊的婦人還存活，至今仍重傷昏迷，
羅十八將她安置在石門鎮，我先回來通報。
……赤鯢覬覦流雲觀我倒是早有耳聞，
她們尋訪雁行門卻是為什麼？
只怕是跟小主公有關
去備馬，把那些傢伙趕起來，我們馬上動身。
是！

過石門鎮時那婦人若仍沒醒轉，就叫羅十八繼續照顧，我們直接前往洛陽
赤鯢也在洛陽……
我心下不安，只怕有事要發生啊。
哎，你們聽說了沒有？
前些時候鬧得沸沸揚揚的流雲觀那事，
啊？有這種事？
說是有人造謠陷害！
是啊，你們不知道吧？聽說藥王老神仙住在觀裡，是觀主的師父呢！
他們問診醫人不收分文，只怕是礙了誰的財路，
故意來抹黑的
我就說嘛，那些話怎麼信得。

聽說鄭屠兒母親十多年的腿疾就是老神仙醫好的，
他揚言聽見流雲觀一句壞話就剝了那人的皮！
這可不得了！趙四，你可得管好你家婦人的嘴。
哎？小丫頭妳樂什麼？
嘿嘿，沒啥
五娘
五娘
阿碧姐姐好，妳剛從城裡回來？
姐姐，妳要去看阿離姐姐嗎？
看妳樂的
來，蜜果子給妳
是啊，怎麼了？

阿離姐姐
上次回來後就一直
把自己關在房裡
誰也不見，
都三天了。
啥？禁足
也不用這樣吧？
真人留步
叨擾多日
已是心中不安，
怎敢勞動
真人相送
今兒你倒是
客氣起來了。
看來觀內的事務解決了？
也替我向藥王老人家
道個別吧。
這次還真是
勞煩他老人家了
他老人家說
治病救人是他的本願，
真人無需內疚。

流雲觀
你怎麼來了？
聽說今天太史令要回長安
來看看
老人家說他不會入朝
好走不送。
……
多謝司徒兄特地前來相送，
淳風告辭。
哎？誰送你了？
一路順風

恩威並施、半真半假，真人可比赤鯇高明多了
才三天流言就轉了個向
這也不是什麼好手段，應急罷了
叫我說……何必那麼麻煩？
捏死他們就跟捏死臭蟲一樣簡單。
你不許插手
既然朝廷盯上了，就讓朝廷去解決吧
我倒是擔心商道上的荃娘她們……
也不知道怎麼樣了？

……唔
妳……
妳是……？
妳們要找的雁行門，
羅十八。

啊……是姑娘救了我嗎？
多虧姑娘救命 我是流雲觀的荃娘，卻是不知何人襲擊了我們商隊……
請問姑娘認不認得阿離姑娘？她有封信託我給你們雁行門。
咦？
哎呀!!
不要動！傷處會裂開
嗚
襲擊妳的是赤鯢，阿離或許是我主公

叩
阿離
叩叩
叩
阿離開門啊
給妳帶吃的來了
吱呀～
咦!?
妳這幾天都在幹嘛啊!?
關於流雲觀的謠言已經止住了，
妳也別擔著這個心了。

那個李淳風已經走了
藥王和司徒郎郎還在，
妳啥時候回觀裡？
暫時不回去
那啥「本心」的……妳還沒想好啊？
碧姐，妳先回吧
我很快就回觀裡了。

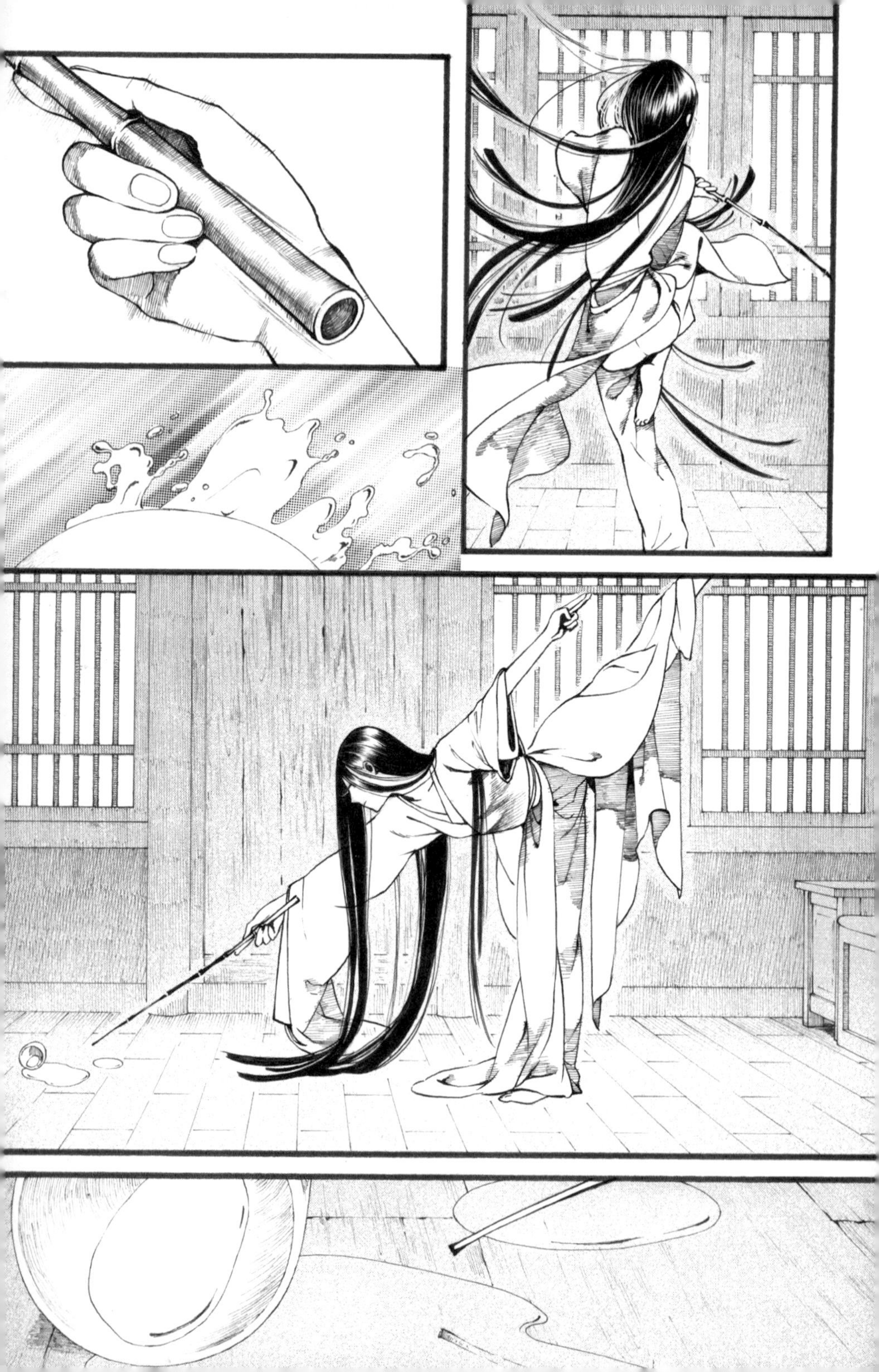

呼
呼
呼
我就不信……
我竟連一式也練不成

長歌行

中文愛藏版

司徒郎郎

越女劍當代的唯一傳人，外表玩世不恭實則心思縝密，恩師故去後收徒心切，看上長歌資質奇佳而主動提出收徒之意。

卷叁拾壹
道與本心

早啊
趙嬸
不早啦
日頭都上正中啦。

……第六日
一式未成
離開這兒？
不行，我行蹤已被探知
……若無司徒郎郎相阻
只怕早已身陷囹圄

最後
竟要將希望寄託於
行刺這等不入流的手段嗎？
……從何時開始
我變得如此被動了？
所謂「本心」
即是「道」之依憑
啊……
非是「經驗」，
非是「道理」
更非「理所應當」。

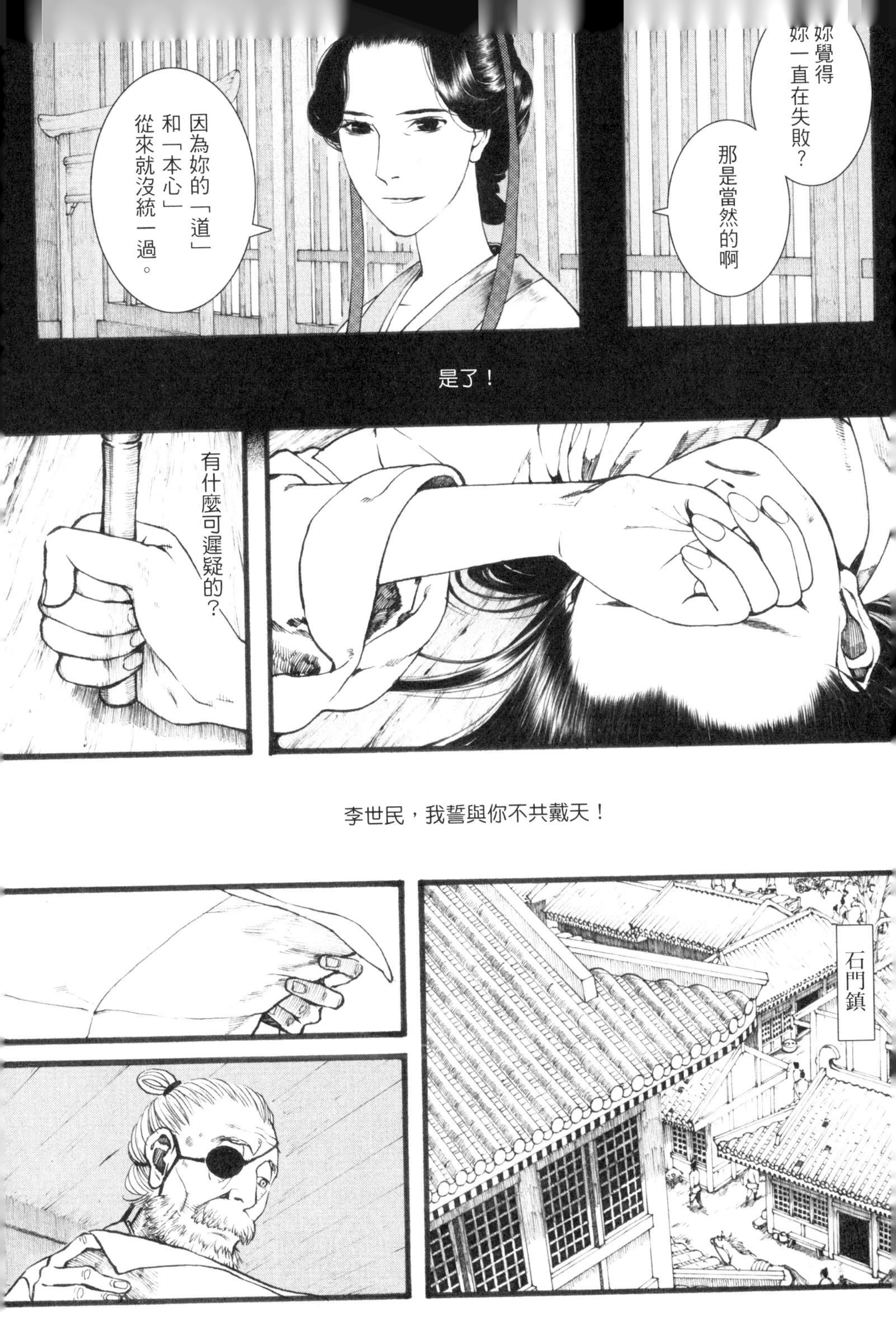
妳覺得妳一直在失敗？
那是當然的啊
因為妳的「道」和「本心」從來就沒統一過。
是了！
有什麼可遲疑的？
李世民，我誓與你不共戴天！
石門鎮

這是阿離姑娘讓我帶的信，
敢問老人家……
辛苦大嫂，
這位阿離確是我們主公
她能得流雲觀相救，我等感激不盡。
主……主公？
大嫂暫且在此好生養傷
我等先趕往流雲觀，待事態平息再接妳回去
事態平息？
……

妳所帶領的商隊遇襲絕非偶然，
我們一路行來，探得流雲觀商道據點大小三十餘處俱被人破壞
只怕……流雲觀已危在旦夕了。
匡啷！
呼
呼
不應該這樣啊……

舉手投足，氣機牽引
我皆嫻熟於心
為何卻是
無法融會貫通，
如臂使指？
「大成若缺，其用不弊
大盈若沖，其用不窮」
原是「道德經」中
教人謙沖含藏的……
在此處又作何解？
一直以來我引以自傲的智巧機變
竟是半分用處也無
……這般
茫然無措的感覺

竟是許久……
許久未曾有過了。
妳這丫頭……
二叔教妳這諸般文治武功
可不是讓妳用來跟兄弟們打架的。
母親……

嗚哇……
唉……
……
別哭啦……
嗚哇哇
唉……妳娘已經病倒了，
妳可別再出事
弟弟啊
還有個小九得靠妳照顧吶。

五娘
說句話啊！五娘？
這是……
怎麼一回事？
唉，姑娘 妳可算是出來了
來勸勸這孩子吧！
這麼小的嬰兒，一出生又沒了娘，
五娘妳能用米湯菜羹把他拉拔到這麼大……
已經是全了這場緣份了。
五娘……

阿離姐姐，婆婆……
妳們幫我照看一下小九
我陪妳去
我……
我去把弟弟埋了
姐姐，我不識字，弟弟也沒有名字
這個碑上該寫什麼呢？
弟弟好輕……輕得像隻小貓兒一樣
孀孀也是……大夥都說她是餓死的。

這樣弟弟和嬸嬸母子就可以團聚了是嗎？
可我一點都不高興，一點都不高興。
他還沒吃過白米飯，還沒吃過白麵饃饃
他還沒跟我說過話，他還沒有被叫過名字，
如果……如果我忘記了弟弟，他就像沒出生過一樣
婆婆說……不要難過、不要掛念，
弟弟就不會再投胎來我們這樣的人家受苦了
可……可我還是忍不住……
五娘……
我……出生在一個富貴膏粱之家。

家人們錦衣玉食，使奴喚婢
出則香車寶馬，入則高門華堂
可是，每個人都想要更多。
我曾想，若我生於田舍農家該多好，
是不是那樣就能父義母慈，兄友弟恭？
我早該明白的
早該明白的……

心存泰安願，
身若逐波萍。
生逢亂世，
誰得倖免？
若只殺一人
便能遂願
那可真是
輕鬆太多了。

喔喔喔～
五娘
阿碧姐姐妳來得好早
今兒藥王老神仙要走了
我去城裡置辦些東西，順道來看看。
……好孩子
我聽阿婆說了……妳也多歇幾日吧
我沒事，姐姐別擔心
嗯
一會姐姐給妳和小九帶蜜餞回來。

不用叫阿離姐姐嗎？
不用，她肯定沒起
這些餅咱們分吃了吧。
咿呀
啊，妳起來了？
要不要吃早飯？
不了，我去見觀主。

……
是我的錯覺嗎？她今兒看起來好像不太一樣？
我們幫她收拾一下吧
嗯
這次估計是要回觀裡了
看這亂的……
哎？
這是……
怎麼弄的啊？

觀主
我想妳今日也該來了
觀主
妳前些時日說我的「道」與「本心」不符，
觀主可知我的「本心」與「道」為何？

不敢妄言了解，
只是我觀妳本心向「治」
卻聞妳所擇之道向「亂」啊。
……
我還真當他是個世外高人，
不想竟如此多管閒事！
……
李淳風！
觀主

妳既知我是誰，
卻又為何如此助我？
若我不聽教誨，
一意孤行，
又當如何？
阿離……
嗯，長歌
對一條河流而言，
無所謂來飲水的
是鹿獐還是虎狼
……況且
虎狼亦是道
要阻牠的
是獵人，
卻與河流何干？

……人法地，
地法天，
天法道
道法自然？
嗯
※出自老子的《道德經》；法，指的是依循的法則。
有幾分意思了
……
無為，
無違天道，
順勢而為？
難得，
我倒是想
把妳留在道觀了
這個「天道」
卻往何處尋去？

妳方才說過「道法自然」
天生萬物，
人為其一
妳連「本心」都找到了，
哪裡說找不到「天道」來？
原來
如此。

現在可以跟我說說了嗎？
妳找到的「本心」。
……
我本以為……我可以奪回我失去的，
可直到現在我才知道最終我對抗的是什麼……
我不甘心
可我更不想等，
我想在有生之年，得見盛世大唐。

我要親手擊殺這亂世
並狠狠的補上一刀！

……
妳可知道妳在說什麼？
是了……
倒是我的失策
不違本心
妳又怎會是個安穩度日，了卻殘生的人啊。

皓都

杜如晦手下的直屬密探，奉命偵查、探尋情報及排除一切的障礙，自朔州以來持續追查長歌的動向。

巻参拾貳

輕虹

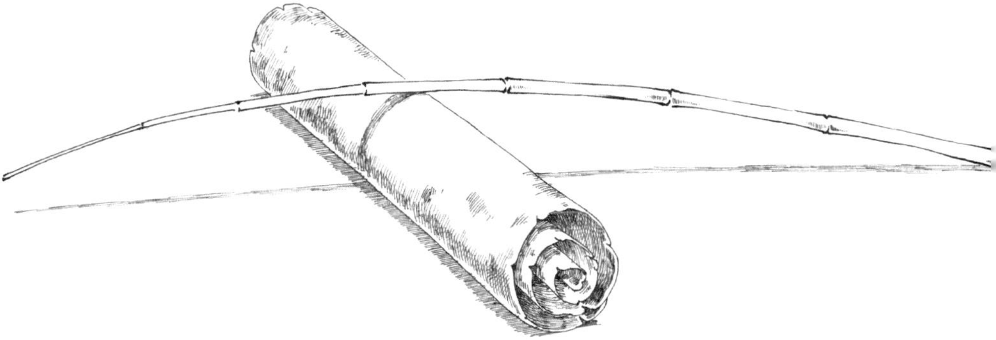

兩式半，不錯
……
明明是三式。

第三式「驚鴻」得其形不得其意，頂多算妳半式
不過呢，看徒兒如此勤勉，為師倒是可以打個折
說吧，妳想要哪三人的項上人頭？
……
師父，這三個人頭能先存下嗎？
待將來徒兒想好再取。
再叫一次？

蒙師父厚意，
長歌雖不能
隨侍師父遠走天涯
卻已實在
受業於恩師
這一拜，
是為弟子禮。

這麼說來
我還是虧了吶
我說徒兒啊，
妳既不要追查妳
之人的項上人頭，
又不跟師父走
那打算
怎麼脫身？
妳不會覺得
學了這兩招半
就天下無敵了吧？
當然不會，
這次就是來請師父
帶我出城的。
咦？

觀主讓我扮作孫真人的侍者跟師父你們出城，
她說旁人必不敢過分刺探。
所以拜師這一招也是她教的？
不是
師父，
雖然無法言明，但你對徒兒卻是有著莫大恩德
徒兒有不得已的苦衷，有必須要去做的事情
若有朝一日……
有朝一日大事得了，
定會回來尋著師父，牽馬墜蹬、一一言明。

必不叫師父斷了傳承。
如此，便要勞煩師父了
無妨，倒是沒想到這個小娃娃竟是這般身世……
是，當日得知時，弟子也吃了一驚。
不過……當日李淳風所託並非是妳現在的行事吧？

……是，李淳風所託，實際上為「監管」！
若發覺有異樣便告訴他，好讓他們採取對應的手段。
……現在這種轉變，也不知是好是壞，
即使這孩子志在安邦……
這天下也無她容身之地啊。
……師父
弟子還是想救她。
也罷

劍譜我是不能再傳了，
但也不能讓妳白叫一聲師父
妳師祖的兩柄配劍，
一名輕虹，一名薄霓
這柄輕虹妳拿去。

若妳那時候還活著，
再帶著它來尋我學剩下的十五式半吧。
是！
觀主！
阿……阿離跟老神仙走了？

……是啊
太突然了，之前完全沒聽說啊！
在這世上，
能讓妳準備好再發生的事本來也不多。
可是……
至少也該跟我道個別啊，
她連東西都沒收拾
碧娘，妳去收拾行李吧
啊？
帶觀裡剩下的人和米糧去山下農戶家借住幾日，
沒我的傳話不許回來。

觀主妳這是要做什麼？
我要閉關。
再往前五里地就有歇腳的地方啦！
不急不急
慢慢走著。

我說啊
徒兒妳乾脆別帶幕籬了，
讓他們看個清楚不是更好？
……
還有監視的人跟著？
還有兩個，遠遠的跟著。
也別太為難他們，
讓他們確信人跟我們走了就行
當然，
不過再跟出十里，就是覬覦您老人家的行蹤了
如果他們真那麼不長眼，
我會去幫他們開竅的。
徒兒

觀主讓妳跟我們去長安？
是，觀主讓我在那兒等她消息。
※燈下黑嗎？
她對妳還真是用心。
※燈下黑：越危險的地方越安全。
咳！趕路
謹言慎行。
是！
是！
疑似永寧公主的那名女子的確是跟著孫真人走了，
屬下親自跟到城外十里，因司徒郎郎相阻
不敢再跟。
走了嗎……難道她當真放棄了？

另外，盯梢的人來報
赤鯢的人馬已暗中集合完畢，
今晚就會對流雲觀動手。
……你們且跟著，
不到最後不要出手
大人的意思是……？
借他們之手翻檢一次流雲觀，
若無事是最好，若有問題，那我們只能遺憾「救援不及」了。
是
可那觀主是孫真人的高徒……
……

你親自帶隊，危急關頭護住觀主性命即可。
是！
客官，
客官裡面請
客
棧
用了飯就各自回房休息吧，
打包了一些點心，明兒早起趕路
是
老爺子……你對我可沒這麼優待過。
找人？
找什麼人？
哎？
一個騎驢的老人家，
一個年輕人 還有一個帶著幕籬的姑娘。
妳有什麼事？

阿離！
妳們怎麼在這裡？
妳個沒良心的！招呼也不打就走！
可知道姐姐追了多少里地嗎？
把雇馬車的錢還我！
哈哈……
去我房間說吧。

雖然知道妳遲早會走的，
沒想到會這麼突然。
妳們是怎麼找到這兒的？
我聽說你們出城往東走了，就一路追下來，
一路上三家客棧，一家家問下來的
這孩子說想親口跟妳道別。

我又不是不回來了，
怎麼像生離死別一樣。
唉？
妳不是要跟老神仙雲遊去了嗎？
……總之不會是這次就告別，
不過妳們對誰也別提。
阿離姐姐還會回來？
又來了……
妳跟觀主怎麼都神神秘秘的？
什麼？
觀主突然就說要閉關，
也不說原因，把我們全趕下了山
香客也不許上山，
都不知道是怎麼了。

阿離？
碧姐，天色不早，妳和五娘今天就歇在這兒吧
哎？妳要去哪兒？
妳手裡拿的什麼？
去替妳們結車馬費。

師父

師父，
再借徒兒一件外衫吧。
……
逆徒！
徒兒就此拜別，
望來日有幸能與師父再相見。
師父，
臨別我能問個問題嗎？
妳說

為何當初師父想要收我為徒？
……妳師祖說，
「以道德之心掌殺戮之劍」
為師到現在也做得不怎麼樣，
希望妳可以做得比我好。
赤鯢已經出發了。
跟上

胡鬧！

誰讓妳回來的!?
快跟我走!
來路上已經有埋伏了。
那是赤鯢的人馬，
官兵就跟在他們後面
跟我走!
妳要我說幾次不許插手?
妳在我反倒更危險!
妳還不……

抱歉……觀主
我太瞭解那些官兵行事的準則了
我可不放心把妳的命放在他們手上
就算用背的我也會把妳帶出去。
長歌行
第五冊完

ACCC/浪漫畫系列006

長歌行 05

時報書碼：VYO2005

作　　者──夏達
協　　力──龔寅光、包子、阿飛、阿鳥、卓思楊
監　　製──姚非拉

責任編輯──曾維新
文字編輯──張毓玲
美術設計──林宜潔
封面題字──喬平

董事長
發行人──趙政岷

大好世紀
總編輯──夏曉雲

出版者──時報文化出版企業股份有限公司
10803台北市和平西路3段240號3樓
發行專線─（02）2306-6842
讀者服務專線─ 0800-231-705・（02）2304-7103
讀者服務傳真─（02）2304-6858
郵撥─ 19344724時報文化出版公司
信箱─ 台北郵政79－99信箱
時報悅讀網─ http://www.readingtimes.com.tw
電子郵件信箱─accc.love.comic@gmail.com
法律顧問─ 理律法律事務所　陳長文律師、李念祖律師

印　　刷──勁達印刷有限公司
初版一刷──2015年10月2日
定　　價──新台幣180元

⊙行政院新聞局局版北市業字第八〇號

國家圖書館出版品預行編目資料

長歌行5 / 夏達著. -- 初版. -- 臺北市：時報文化, 2015.10
196頁；14.8x21公分. --
面；公分. -- (ACCC系列：006)
ISBN 978-957-13-6371-4　(平裝)
1. 漫畫

Printed in Taiwan